Pour Clover et Luke

Traduit de l'anglais
par Henri Robillot

Maquette : David Alazraki

ISBN : 978-2-07-060155-4
Titre original : *Esio Trot*
© Roald Dahl Nominee, Ltd., 1990, pour le texte
© Quentin Blake, 1990, pour les illustrations
© Éditions Gallimard, 1990, pour la traduction française
N° d'édition : 301016
Loi n° 49-956 du 16 juillet 1949 sur les publications destinées à la jeunesse
Premier dépôt légal : septembre 1990
Dépôt léga l : juin 2016
Imprimé en Espagne par Novoprint (Barcelone)

ROALD DAHL

UN AMOUR DE TORTUE

Illustré par **Quentin Blake**

GALLIMARD JEUNESSE

Note de l'auteur

Il y a quelques années, quand mes enfants étaient encore petits, nous avions en général une ou deux tortues dans le jardin. A l'époque, il était courant de voir des tortues apprivoisées aller et venir sur les pelouses ou parmi les massifs autour des maisons. On pouvait en acquérir à bas prix dans n'importe quelle boutique d'animaux et, sans doute, ces créatures représentaient-elles la plus discrète et la plus inoffensive des distractions enfantines.

Les tortues arrivaient en Angleterre par milliers, enfermées dans des caisses et presque toujours en provenance d'Afrique du Nord. Mais, il y a quelques années, fut votée une loi qui déclarait illégale l'importation des tortues dans notre pays. Le but de cette loi n'était pas de nous protéger : les tortues ne présentaient de danger pour personne ; elle ne visait qu'à protéger l'animal lui-même. Songez que les trafiquants qui les expédiaient les entassaient par centaines dans des caisses sans eau ni nourriture et dans des conditions si horribles que beaucoup d'entre elles mouraient pendant le voyage. Alors, plutôt que de laisser se maintenir ces cruelles pratiques, le gouvernement anglais a décidé d'y mettre un terme.

L'histoire que vous allez lire se passe donc en Angleterre au temps où tout le monde pouvait acheter, dans la première boutique d'animaux venue, une gentille petite tortue.

M. Hoppy habitait un petit appartement, situé tout en haut d'un grand
immeuble de béton. Il vivait seul. Il avait
toujours été un homme solitaire, et
maintenant qu'il avait pris sa retraite, il
était plus seul que jamais.

M. Hoppy avait deux passions dans la
vie. La première, pour les fleurs qu'il
cultivait sur son balcon. Elles y pous-
saient dans des pots, des bacs et des
paniers ; l'été, sa petite terrasse éclatait
de mille couleurs.

La seconde passion de M. Hoppy était un secret qu'il gardait au plus profond de son cœur.

Le balcon qui se trouvait à l'étage inférieur était plus large que celui de M. Hoppy, si bien que celui-ci se trouvait aux premières loges pour voir ce qui s'y passait. Ce balcon était celui d'une charmante femme entre deux âges, du nom de Mme Silver ; elle était veuve et vivait seule, elle aussi. Elle ne le savait pas, bien sûr, mais c'était elle l'objet de l'amour secret de M. Hoppy. Il l'aimait depuis de longues années déjà, du haut de son balcon, mais c'était un homme très timide et jamais il n'avait pu se décider à lui donner le moindre témoignage de sa flamme.

Tous les matins, M. Hoppy et Mme Silver échangeaient des propos courtois, l'un penché vers le bas, l'autre le nez en l'air ; mais jamais ils n'étaient allés plus loin. La distance entre leurs balcons ne dépassait pas quelques mètres, mais un million de kilomètres n'auraient pas paru plus infranchissables à M. Hoppy. Il mourait d'envie d'inviter Mme Silver à monter prendre une tasse de thé avec des petits gâteaux, mais, chaque fois que les mots commençaient à se former sur ses lèvres, son courage l'abandonnait. Il était vraiment très, très timide.

« Oh ! si seulement ! » ne cessait-il de se répéter. Si seulement il pouvait faire quelque chose d'extraordinaire : lui sauver la vie, par exemple, ou l'arracher à une bande de malfaiteurs armés ! Si seulement il pouvait accomplir une action d'éclat, qui ferait de lui un héros aux yeux de Mme Silver ! Si seulement…

Le problème, c'était que toute la tendresse de Mme Silver allait à quelqu'un d'autre. Et ce quelqu'un était une petite tortue du nom d'Alfred. Chaque jour, lorsque M. Hoppy penché à son balcon voyait Mme Silver murmurer des mots tendres à Alfred tout en lui caressant la carapace, il se sentait pris d'une absurde jalousie. Il en venait même à rêver de devenir lui-même tortue pour que Mme Silver caresse sa carapace chaque matin en lui murmurant des mots tendres…

Alfred tenait compagnie à Mme Silver depuis des années et vivait sur son balcon été comme hiver. Des planches avaient été disposées le long de la balus-

trade pour l'empêcher de basculer dans le vide et, dans un coin, il y avait une petite maison où Alfred rentrait tous les soirs se mettre à l'abri. Aux premiers froids, Mme Silver garnissait la maison d'Alfred de foin sec et odorant ; la tortue s'y creusait un nid et s'endormait pour de longs mois sans manger ni boire : elle hibernait.

Au début du printemps, lorsque Alfred sentait les premières chaleurs à travers sa carapace, se réveillait et sortait lentement sur le balcon, Mme Silver, ravie, battait des mains et s'écriait :

– Sois le bienvenu, mon chéri ! Si tu savais comme tu m'as manqué !

C'est dans ces moments-là que M. Hoppy désirait plus que jamais être à la place d'Alfred et rêvait de devenir tortue.

Mais venons-en à cette belle matinée de mai où survint cet événement qui transforma, ou plutôt bouleversa, la vie de M. Hoppy. Accoudé à son balcon, il regardait Mme Silver donner son petit déjeuner à Alfred :

– Voici un cœur de laitue pour toi, mon trésor, disait-elle. Et voilà encore une tranche de tomate bien mûre et une branche de céleri tout croquant.

– Bonjour, madame Silver, dit M. Hoppy. Alfred a l'air en pleine forme, ce matin.

– N'est-ce pas ! s'exclama-t-elle, rayonnante, les yeux levés vers lui. Il est superbe !

– Ab-so-lu-ment superbe, dit M. Hoppy qui n'en pensait pas un mot.

Puis, considérant au-dessous de lui Mme Silver qui lui souriait, il s'émerveilla pour la millième fois de la trouver aussi séduisante, aussi douce, aussi pleine de

tendresse, et il sentit son cœur déborder d'amour.

– Si seulement il pouvait grossir un peu plus vite, reprit Mme Silver. Tous les printemps, quand il se réveille de son sommeil hivernal, je le pèse sur la balance de la cuisine. Et savez-vous qu'en onze ans il n'a pas pris plus de soixante-quinze grammes ! Autant dire presque *rien* !

– Combien pèse-t-il maintenant ? demanda M. Hoppy.

– Trois cent vingt-cinq grammes, pas

plus, répondit Mme Silver. A peu près le poids d'un pamplemousse.

– Vous savez, la croissance des tortues est très lente, fit observer M. Hoppy d'un ton solennel, mais elles peuvent vivre cent ans.

– Je sais, dit Mme Silver, mais j'aimerais bien qu'il grossisse, juste un petit peu. C'est une si petite bête.

– Il m'a l'air très bien comme ça, remarqua M. Hoppy.

– Non ! il n'est pas *bien* comme ça ! s'écria Mme Silver. Songez comme il doit être malheureux de se sentir si chétif ! Tout le monde a envie de grandir.

– Vous seriez vraiment contente de le voir grossir, n'est-ce pas ? dit M. Hoppy.

Au même instant,

un déclic se fit dans sa tête et une idée de génie lui vint soudainement à l'esprit.

– Bien sûr ! Vous pensez ! s'exclama Mme Silver. Je donnerais n'importe quoi pour ça ! Savez-vous que j'ai vu des photos de tortues géantes, si grosses que l'on peut monter dessus à califourchon ! Si Alfred les voyait, il en deviendrait vert de jalousie !

Le cerveau de M. Hoppy tournait à plein régime. Pas de doute, la chance de sa vie était à sa portée.

« Saisis-la, s'exhorta-t-il. Saisis-la, *maintenant* ! »

— Madame Silver, dit-il, il se trouve que je sais comment accélérer la croissance des tortues, si c'est ce que vous voulez vraiment.

— C'est vrai ? s'écria-t-elle. Oh ! je vous en prie, dites-le-moi ! Est-ce que je le nourris mal ?

— J'ai travaillé autrefois en Afrique du Nord, reprit M. Hoppy. C'est de là que viennent toutes les tortues d'Angleterre, et j'y ai rencontré un bédouin qui m'a révélé son secret.

— Dites-le-moi ! cria Mme Silver. Dites-le-moi, je vous en supplie, monsieur Hoppy. Je serai votre esclave pour la vie !

Lorsqu'il entendit les mots *votre esclave pour la vie*, M. Hoppy se sentit parcouru d'un frisson d'excitation.

– Attendez un petit instant, dit-il. Je dois aller mettre quelque chose par écrit pour vous.

Deux minutes plus tard, M. Hoppy était de retour sur le balcon, une feuille de papier à la main.

– Je vais vous le descendre au bout d'une ficelle, dit-il, sinon il risquerait de s'envoler. Tenez, le voilà.

Mme Silver prit le papier et l'éleva à hauteur de ses yeux.

Voici ce qu'elle lut :

EUTROT, EUTROT
SISSORG ED SULP NE SULP !
EUTROT, EUTROT
SIDNARG, ELFNOG, ELFNE !
ELAVA, SITUOLGNE, ERFFUOGNE !
IOT-ERFFIPME TE IOT-ERFNIOG
SNEIVED ESSORG TE ESSARG !
EUTROT ! EUTROT !

— Qu'est-ce que ça veut dire ? demanda-t-elle. Quel est ce langage mystérieux ?

— C'est la langue des tortues, répondit M. Hoppy. Les tortues sont des créatures qui ont facilement la tête à l'envers. Elles ne peuvent donc comprendre que les mots écrits à l'envers. Ça tombe sous le sens, non ?

– Peut-être, oui, dit Mme Silver, sidérée.

– Eutrot, c'est simplement tortue écrit à l'envers, dit M. Hoppy. Regardez.

– En effet, dit Mme Silver.

– Les autres mots sont aussi écrits à l'envers, dit M. Hoppy. Si vous les retournez, en langage humain, ils disent tout bonnement :

TORTUE, TORTUE
GROSSIS DE PLUS EN PLUS !
TORTUE, TORTUE
GRANDIS, GONFLE, ENFLE !
AVALE, ENGLOUTIS, ENGOUFFRE !
EMPIFFRE-TOI ET GOINFRE-TOI
DEVIENS GROSSE ET GRASSE !
TORTUE ! TORTUE !

Mme Silver examina de plus près les mots magiques.

– Ma foi, vous avez raison, dit-elle. Comme c'est astucieux. J'en suis toute retournée.

– Tout comme les mots ! Je n'en suis pas surpris, dit M. Hoppy. Maintenant, tout ce que vous avez à faire, madame Silver, c'est tenir Alfred près de votre visage et lui murmurer ces mots trois fois par jour, matin, midi et soir. Allez-y, que je vous entende les réciter.

Très lentement, butant parfois sur ces étranges assemblages de syllabes, Mme Silver lut en entier le message écrit en parler de tortue.

– Pas mal ! dit M. Hoppy. Mais tâchez d'y mettre plus de sentiment quand vous le répéterez à Alfred. Si vous y arrivez, je vous parie n'importe quoi que, dans quelques mois, sa taille aura doublé.

– Je vais essayer, assura Mme Silver.
J'essayerais n'importe quoi. Je ferai de
mon mieux ; mais je ne crois pas que ça
marchera.

– Attendez et vous verrez, dit M.
Hoppy en lui souriant.

M. Hoppy rentra dans son appartement, tout vibrant d'espoir. « Votre esclave pour la vie », ne cessait-il de se répéter. Quelle béatitude !

Mais il y avait beaucoup à faire avant que ce miracle s'accomplît.

Le petit salon de M. Hoppy était sommairement meublé d'une table et de deux chaises. Il les transporta dans sa chambre, puis il sortit acheter une grande bâche de toile épaisse qu'il étala dans son salon pour protéger le tapis.

Ensuite, il ouvrit son annuaire télépho-
nique et nota l'adresse de tous les marchands d'animaux de la ville. Il y en avait
en tout quatorze.

Il lui fallut deux jours pour faire le tour
des boutiques. Il voulait au moins une
centaine de tortues, peut-être plus. Et il
devait les choisir avec le plus grand soin.

Pour vous et moi, toutes les tortues
se ressemblent, ou peu s'en faut. Elles ne
diffèrent que par la taille ou la couleur
de la carapace. Celle d'Alfred était plutôt sombre et M. Hoppy veilla donc à
n'acheter, pour sa vaste collection, que

des tortues de teinte foncée. Ce qui importait avant tout, bien sûr, c'était la taille.

M. Hoppy en choisit de toutes les dimensions, les unes pesant à peine plus que les trois cent vingt-cinq grammes d'Alfred, d'autres nettement plus, mais surtout, aucune au-dessous de ce poids.

– Donnez-leur des feuilles de chou, lui dirent tous les marchands, elles n'ont besoin de rien d'autre, et une soucoupe d'eau fraîche.

Quand il eut terminé ses achats, M. Hoppy, dans son enthousiasme, se trouva à la tête de cent quarante tortues, pas moins, qu'il rapporta à la maison dans des paniers, à dix ou quinze par voyage.

Il dut faire tant d'allers et retours qu'il se
retrouva, à la fin, complètement épuisé ;
mais le jeu en valait la chandelle. Et comment ! Quel surprenant spectacle offrait
maintenant son salon ! Le sol grouillait

de tortues de toutes tailles, certaines
explorant avec lenteur leur nouveau ter-
ritoire, d'autres mâchonnant des feuilles
de chou, d'autres encore buvant dans une
large écuelle plate. Leurs déplacements

sur la bâche de toile ne produisaient qu'un léger bruissement continu. Chaque fois qu'il voulait traverser le salon, M. Hoppy devait se frayer précautionneusement un chemin, sur la pointe des pieds, au milieu de cette mer de carapaces brunâtres. Mais peu importait. Il devait aller au bout de son projet.

Avant de prendre sa retraite, M. Hoppy était mécanicien dans un garage d'au-
tobus. Il se rendit donc à son ancien
atelier et demanda à ses camarades
mécanos s'il pouvait utiliser son vieil
établi une heure ou deux. Il lui fallait
maintenant inventer un instrument
capable d'atteindre le balcon de Mme

Silver depuis le sien, et d'y pêcher une tortue. Pour un professionnel comme M. Hoppy, la tâche ne présentait pas de grandes difficultés. Tout d'abord, il fabriqua deux mâchoires, ou doigts de métal, et les disposa à l'extrémité d'un long tube métallique. Il fit coulisser deux solides fils de fer à l'intérieur du tube et les relia à la mâchoire de métal, de telle sorte que, lorsqu'on les tirait, la mâchoire se refermait et, quand on les poussait, elle s'ouvrait. Les fils étaient reliés à une poignée à l'autre bout du tube. C'était un appareil d'une grande simplicité.

M. Hoppy était prêt à entrer en action.

Mme Silver travaillait à mi-temps, de midi à cinq heures, dans une boutique qui vendait des journaux et des bonbons.

L'entreprise de M. Hoppy en était grandement facilitée. Donc, en ce premier et palpitant après-midi, après s'être assuré que Mme Silver était partie à son travail, M. Hoppy sortit sur son balcon, armé de sa longue tringle de métal. Il l'avait baptisée « attrape-tortue ». Penché par-dessus la balustrade, il abaissa son instrument vers le balcon de Mme Silver. Sous un pâle soleil, Alfred, dans un coin, semblait somnoler.

– Salut, Alfred, dit M. Hoppy. Tu vas faire une petite voltige.

Il fit osciller son attrape-tortue jusqu'à ce que l'instrument se trouvât à l'aplomb d'Alfred. Puis il abaissa les mâchoires juste au-dessus de la carapace de la tortue et tira la poignée du levier. Les mâchoires se refermèrent et M. Hoppy hissa Alfred jusqu'à son balcon.
Un jeu d'enfant.

M. Hoppy pesa Alfred sur sa balance de cuisine pour s'assurer que le poids de trois cent vingt-cinq grammes annoncé par Mme Silver était exact.

Ce détail vérifié, tenant Alfred d'une main, il se déplaça avec précaution parmi son troupeau de tortues à la recherche d'un spécimen doté d'une carapace de la même teinte que celle d'Alfred et, en outre, pesant *exactement cinquante grammes de plus*.

Cinquante grammes, c'est bien peu de chose, pas même le poids d'un œuf de poule, mais dites-vous bien que, selon le plan élaboré par M. Hoppy, la différence de poids devait, pour le moment, échapper à Mme Silver.

M. Hoppy dénicha aisément, dans sa vaste collection, la tortue adéquate. Il la voulait pesant trois cent soixante-quinze grammes sur sa balance, ni plus, ni moins. Quand il la posa sur la table de la cuisine à côté d'Alfred, lui-même aurait eu peine à dire laquelle des deux était la plus lourde. Mais elle *l'était* bel et bien. Plus lourde de cinquante grammes. C'était la tortue numéro 2.

M. Hoppy emporta la tortue numéro 2 sur son balcon et la plaça dans les mâchoires de son attrape-tortue. Puis il la déposa en douceur sur le balcon de Mme Silver à côté d'une feuille de laitue fraîche.

La tortue numéro 2 n'avait jamais mangé de laitue tendre et croquante. Elle qui ne connaissait que les vieilles feuilles de chou racornies trouva très à son goût la salade verte qu'elle se mit à dévorer allégrement.

Deux heures d'attente fébrile s'ensuivirent pour M. Hoppy. Mme Silver allait-elle détecter une différence quelconque entre la nouvelle tortue et Alfred ? Que d'émotions en perspective !

Mme Silver surgit sur son balcon :

– Alfred, mon chéri ! s'écria-t-elle. Maman est rentrée. Je t'ai manqué, j'espère !

Caché derrière deux énormes plantes
en pot, M. Hoppy, sur son balcon, retenait
sa respiration.

La nouvelle tortue continuait à masti-
quer la laitue.

– Eh bien ! Alfred, tu m'as l'air d'avoir
faim, aujourd'hui, dit Mme Silver. Ça

doit être l'effet des formules magiques de M. Hoppy.

M. Hoppy vit Mme Silver ramasser la tortue et caresser sa carapace. Puis elle tira le papier de M. Hoppy de sa poche et, tenant la tortue contre son visage, chuchota :

EUTROT, EUTROT
SISSORG ED SULP NE SULP !
EUTROT, EUTROT
SIDNARG, ELFNOG, ELFNE !
ELAVA, SITUOLGNE, ERFFUOGNE !
IOT-ERFFIPME TE IOT-ERFNIOG
SNEIVED ESSORG TE ESSARG !
EUTROT ! EUTROT !

M. Hoppy tendit le cou parmi les feuilles et lança :

– Bonsoir, madame Silver. Comment va Alfred, ce soir ?

– Oh ! il est très en forme, répondit Mme Silver avec un large sourire. Et il a l'air d'avoir un tel appétit ! Jamais je ne l'ai vu manger comme ça. C'est sûrement votre poème magique.

– On ne sait jamais, dit M. Hoppy d'une voix profonde. On ne sait jamais.

M. Hoppy attendit une semaine entière avant de procéder à la deuxième opération.

L'après-midi du septième jour, pendant que Mme Silver était à son travail, il récupéra la tortue numéro 2 sur le balcon du dessous et la rentra dans son salon. Elle pesait exactement trois cent soixante-quinze grammes. Il lui fallait maintenant en trouver une de quatre cent vingt-cinq grammes. Cinquante grammes de plus, exactement.

Dans son impressionnante collection, il découvrit sans mal une tortue de quatre cent vingt-cinq grammes et, une fois de plus, s'assura de l'identité des couleurs. Puis il laissa descendre la tortue numéro 3 sur le balcon de Mme Silver.

Comme vous l'avez deviné, le secret de M. Hoppy était très simple. Si une créature grossit assez lentement, je veux dire très, très lentement, alors jamais vous ne vous en apercevrez, surtout si vous la voyez tous les jours. Il en va de même avec les enfants. Ils grandissent chaque semaine, mais leurs mères ne s'en rendent compte que lorsqu'ils ne peuvent plus passer leurs vêtements.

« Doucement, se dit M. Hoppy. Surtout, ne précipitons rien. »

Voici donc comment la situation évolua au cours des huit semaines suivantes :

Au début :

Alfred pesait 325 grammes.

A la fin de la première semaine :
la tortue n° 2 pesait 375 grammes.

A la fin de la deuxième semaine :
la tortue n° 3 pesait 425 grammes.

A la fin de la troisième semaine :
la tortue n° 4 pesait 475 grammes.

A la fin de la quatrième semaine :
la tortue n° 5 pesait 525 grammes.

A la fin de la cinquième semaine :
la tortue n° 6 pesait 575 grammes.

A la fin de la sixième semaine :
la tortue n° 7 pesait 625 grammes.

A la fin de la septième semaine :
la tortue n° 8 pesait
675 grammes.

Le poids d'Alfred était de trois cent vingt-cinq grammes. Celui de la tortue numéro 8, six cent soixante-quinze grammes. Très lentement, en plus de sept semaines, la tortue chérie de Mme Silver avait doublé de taille et la chère dame n'avait rien remarqué.

Même aux yeux de M. Hoppy, qui contemplait la scène par-dessus la balustrade, la tortue numéro 8 paraissait plus imposante. Il était stupéfiant que Mme Silver ne se fût aperçue de rien, tout le temps qu'avait duré la grande opération. Une seule fois, elle avait levé la tête et déclaré :

– Vous savez, monsieur Hoppy, je crois qu'Alfred grossit. Qu'en pensez-vous ?

– Je ne vois guère de différence, je vous l'avoue, avait répondu M. Hoppy d'un ton détaché.

Mais, à présent, peut-être était-il temps de marquer un temps d'arrêt  et, ce soir-là, M. Hoppy était sur le point de sortir pour suggérer à Mme Silver de peser Alfred quand un grand cri d'étonnement le fit jaillir hors de chez lui.

– Regardez ! s'exclama Mme Silver. Alfred est trop gros pour franchir la porte de sa petite maison. Il a dû grandir énormément !

– Pesez-le, lui dit M. Hoppy d'un ton impératif. Allez le peser immédiatement.

Mme Silver ne se fit pas répéter le conseil et, une demi-minute plus tard, elle revenait, brandissant à deux mains la tortue au-dessus de sa tête :

– Devinez, monsieur Hoppy ! Devinez. Il pèse six cent soixante-quinze grammes.

Il a pratiquement doublé ! Oh, mon chéri, s'exclama-t-elle en caressant Alfred. Oh ! ma petite merveille ! Rends-toi compte de ce que le génial M. Hoppy a fait pour toi !

M. Hoppy se sentit soudain très brave :
— Madame Silver, dit-il, croyez-vous que je puisse descendre sur votre balcon et soupeser moi-même Alfred ?

– Mais bien sûr, voyons ! s'exclama Mme Silver. Venez tout de suite !

M. Hoppy dévala les marches quatre à quatre et Mme Silver vint lui ouvrir la porte. Ensemble, ils gagnèrent le balcon :

– Regardez-le ! dit fièrement Mme Silver. N'est-il pas magnifique ?

– Alfred est devenu une tortue de belle taille, commenta M. Hoppy.

– Et grâce à vous ! s'écria Mme Silver. Vous êtes magicien ! Mais que vais-je faire pour sa maison ? demanda-t-elle. Il faut qu'il ait un toit pour l'abriter la nuit, et voilà qu'il ne passe plus la porte !

Côte à côte sur le balcon, ils contemplaient la tortue qui s'efforçait, en vain, de rentrer chez elle.

– Il faut que j'agrandisse la porte, dit Mme Silver.

– Ne faites pas ça, dit M. Hoppy. Vous n'allez pas abîmer une aussi jolie petite

maison. Après tout, il lui suffirait de perdre un ou deux pouces de sa taille pour y entrer sans difficulté.

– Mais comment ? s'étonna Mme Silver.

– C'est très simple, dit M. Hoppy. Il suffit de changer les paroles magiques.

Au lieu de lui dire de grossir, il faut lui dire de rapetisser. Mais en langue tortue, bien sûr.

– Et ça marchera ?

– Bien sûr que ça marchera !

– Expliquez-moi exactement ce que je dois dire, monsieur Hoppy.

M. Hoppy sortit de sa poche un bout de papier et un crayon et écrivit :

EUTROT, EUTROT

ESSITEPAR, UEP NU ESSITEPAR

— Voilà qui fera l'affaire, madame Silver, dit-il en lui tendant le papier.

— Je ne demande qu'à essayer, dit Mme Silver. Mais je ne voudrais pas qu'il redevienne riquiqui comme avant.

— Pas de danger, chère voisine, pas de danger, la rassura M. Hoppy. Essayez seulement ce soir et demain matin, et on verra ce qui se passe. Peut-être aurons-nous de la chance.

— Si ça marche, dit Mme Silver en lui posant avec douceur une main sur le bras, je vous tiendrai pour l'homme le plus prodigieux de la terre.

L'après-midi suivant, dès que Mme Silver fut sortie, M. Hoppy s'empressa de pêcher la tortue sur le balcon du dessous et la porta dans son salon. Il ne lui restait plus qu'à en trouver une dont la corpulence, un peu plus réduite, lui permît de franchir le seuil de la maison miniature.

Après avoir fait son choix, il laissa descendre l'animal au bout de son attrape-tortue. Puis, sans le lâcher, il le présenta devant la porte de la petite maison. La tortue était encore trop large. Il en choisit une seconde qui, celle-là, passait sans peine le seuil. Parfait. Il posa la tortue à côté d'une jolie feuille de laitue et rentra chez lui pour attendre le retour de Mme Silver.

Ce soir-là, M. Hoppy arrosait ses plantes sur le balcon quand il entendit soudain, montant de l'étage inférieur, les cris aigus de Mme Silver.

– Monsieur Hoppy ! Monsieur Hoppy ! s'égosillait-elle. Regardez-moi ça !

M. Hoppy pencha la tête par-dessus la balustrade et demanda :

– Que se passe-t-il ?

– Oh ! monsieur Hoppy, ça a marché ! s'exclama-t-elle. Votre formule magique est d'une efficacité merveilleuse ! Alfred arrive maintenant à entrer dans sa petite maison. C'est un miracle !

– Je peux descendre voir ? demanda M. Hoppy.

– Mais bien sûr, venez tout de suite, mon très cher ami ! répondit Mme Silver. Venez voir le prodige que vous avez accompli !

M. Hoppy pivota sur ses talons, se précipita dans son salon qu'il traversa sur les pointes comme un danseur de ballet, au milieu de sa mer de tortues, s'élança sur le palier et vola littéralement dans l'escalier, les chants d'amour de mille chérubins lui résonnant aux oreilles. *Ça y est !* souffla-t-il. *Voilà le plus grand moment de ma vie ! Surtout, ne le gâchons pas, ne le gâchons pas ! Il faut que je reste très calme !* Parvenu à mi-étage, il aperçut Mme Silver sur le seuil de son appartement. Elle l'attendait ! Elle lui ouvrit les bras et s'écria :

– Vous êtes vraiment l'homme le plus merveilleux que je connaisse ! Rien ne vous est impossible ! Entrez vite que je vous fasse une bonne tasse de thé. C'est bien le moins que vous méritiez !

Installé dans un fauteuil confortable dans le salon de Mme Silver, buvant son thé à petites gorgées, M. Hoppy était dans tous ses états. Il regarda l'aimable dame assise en face de lui et lui adressa un sourire rayonnant. Elle lui rendit son sourire. Et ce sourire si chaleureux, si affectueux donna à M. Hoppy le courage qui lui manquait… Il posa enfin la question qui lui tenait si fort à cœur :

— Madame Silver, voulez-vous m'épouser ?

— Oh ! monsieur Hoppy ! s'exclama-t-elle. Je me demandais si jamais vous vous décideriez. Bien sûr que je veux vous épouser !

M. Hoppy posa précipitamment sa tasse de thé et tous deux s'étreignirent avec ferveur au milieu de la pièce.

– Et tout ça grâce à Alfred, dit Mme Silver, légèrement essoufflée.

– Cher vieil Alfred, dit M. Hoppy, nous le garderons toujours.

L'après-midi suivant, M. Hoppy rapporta toutes ses autres tortues aux diverses boutiques d'animaux en annonçant aux propriétaires qu'il les leur laissait gratis. Puis, rentré chez lui, il nettoya avec soin son salon, veillant à n'y laisser ni débris de feuilles de chou, ni la moindre trace de tortue.

Quelques semaines plus tard, Mme Silver devenait Mme Hoppy et, depuis lors, nos deux amoureux connurent un bonheur sans nuage.

P.-S. Je suppose que vous vous demandez ce qui est arrivé au petit Alfred, le premier de toute cette série de tortues. Eh bien, Alfred fut acheté une semaine plus tard dans l'une des boutiques d'animaux par une petite fille appelée Roberta Squibb qui l'installa dans son jardin. Tous les jours, Roberta lui donnait à manger des feuilles de laitue, des rondelles de tomate, des branches de

céleri et, l'hiver, la tortue hibernait dans
une boîte remplie de feuilles séchées au
fond de la resserre
à outils.

Toute cette histoire se passait il y a bien longtemps. Roberta a grandi, elle est maintenant mariée et mère de deux enfants. Elle vit dans une autre maison, mais Alfred est toujours là, le chouchou de toute la famille, et Roberta pense qu'il doit avoir près de trente ans. Il lui a fallu tout ce temps pour atteindre une taille double de celle qu'il avait sur le balcon de Mme Silver, mais il a fini par y arriver.

FIN

Quentin Blake

L'illustrateur

Quentin Blake est né dans le Kent, en Angleterre. Il publie son premier dessin à seize ans dans le célèbre magazine satirique *Punch*, et fait ses études à l'université de Cambridge. Il s'installe plus tard à Londres où il devient directeur du département Illustration du prestigieux Royal College of Art. En 1978, commence sa complicité avec Roald Dahl qui dira : «Ce sont les visages et les silhouettes qu'il a dessinés qui restent dans la mémoire des enfants du monde entier. » Quentin Blake a collaboré avec de nombreux écrivains célèbres et a illustré près de trois cents ouvrages, dont ses propres albums (*Clown, Zagazou…*). Certains de ses livres ont été créés pour les lecteurs français, tels *Promenade de Quentin Blake au pays de la poésie française* ou *Nous les oiseaux*, préfacé par Daniel Pennac. En 1999, il est le premier Children's Laureate, infatigable ambassadeur du livre pour la jeunesse. Il est désormais Sir Quentin Blake, anobli par la reine d'Angleterre pour services rendus à l'art de l'illustration, et son œuvre d'aujourd'hui va aussi au-delà des livres. Ce sont les murs des hôpitaux, maternités, théâtres et musées du monde entier qui deviennent les pages d'où s'envolent des dessins transfigurant ces lieux. Grand ami de la France, il est officier de l'ordre des Arts et des Lettres et chevalier de la Légion d'honneur.

Pour en savoir plus sur
ROALD DAHL

Roald Dahl était un espion, un pilote de chasse émérite, un historien du chocolat et un inventeur en médecine. Il est aussi l'auteur de *Charlie et la chocolaterie*, *Matilda*, *Le BGG* et de bien d'autres fabuleuses histoires : il est le meilleur conteur du monde !

Découvrez les autres titres
de Roald Dahl dans la collection
FOLIO CADET PREMIERS ROMANS

LES HISTOIRES FONT DU BIEN !

Roald Dahl disait : « Si vous avez de bonnes pensées, elles feront briller votre visage comme des rayons de soleil et vous serez toujours radieux. »

· Nous croyons aux bonnes actions. C'est pourquoi 10 % de tous les droits d'auteur* de Roald Dahl sont versés à nos partenaires de bienfaisance. Nous avons apporté notre soutien à de nombreuses causes : aux infirmières qui s'occupent d'enfants, aux associations qui fournissent une aide matérielle à des familles dans le besoin, à des programmes d'aide sociale et éducative… Merci de nous aider à soutenir ces activités essentielles.

Pour en savoir plus : roalddahl.com